KB095561

바늘에도 울지 않는 아기에게

바늘에도
울지 않는 아기에게

김지현 시집

좋은땅

스물두 살 봄,

교내 백일장이었다.

교수님께서 대상과 금상 순위를 놓고 고민하셨다고 말씀

하셨다. 내 손에 상금 봉투를 주시면서 꼭 책을 사서 읽으

라고 하신 말씀을 지켰다.

서점에 가서 유명한 작가가 책을 구입하는 모습은 어떠할

까 상상하면서 이 책 저 책 기웃거렸던 게 1996년의 일이

다. 24년의 봄이 지났다.

내 마음속에 늘 꿈이 있었다.

내 이름으로 된 내 책을 내고 싶었다.

이렇게 오래 걸린 건 남의 눈을 너무 의식했기 때문이다.

나 같은 게 무슨….

내 자존감은 늦가을 낙엽이 아니라

겨울을 지나온 늦은 봄의 낙엽처럼, 겨울 한파를 지나서

본연의 모든 색을 풍파에 절구어 낸 듯한 낙엽이 되어 있

었다. 그런 낙엽을 일으킨 건 가까운 분의 한마디였다.

그런 너의 모습이 어떤 나무의 거름이 되지 않겠냐고.

썩은 나뭇잎 같은 자존감에 새싹이 나오는 듯한 조언이었

다. 그렇게 나의 늦은 글쓰기가 시작이 되었다.

이때가 그때라 스스로 외쳐 본다.

2020년 10월 10일

찬송 경음악이 흐르는 특이한 도서관에서

차례

시인의 말 5

바늘에도
울지 않는
아기에게

바늘에도 울지 않는 아기에게

너의 눈에 지구가 들어 있어서
지구의 아픔을 선한 눈동자에 담아
그렁그렁 아픔을 외면할 수 있다니
울지 않다니
이 세상에서 세 번의 봄을 맞이하는 동안
큰 고통 몰아서 맞이하고

이제부터
웃기로만 정했구나
바늘에도 울지 않는다는 이야기에
쇳바늘을 찔러야 살 수 있다는 한마디에
작은 가슴 속 단단히 마음을 먹고
울지 않기로 했구나

나의 고통과 아픔은
너의 앞에서 고개를 숙인다

나의 고통과 아픔은
너의 발아래 뒹구는 낙엽이 되었다

눈물과 용서

눈물은 가장 진실한 문장

용서는 잘 보이는 마음

외로움은 나누지 않음의 잉여물

만남은 홀로 걸을 수 있는 자의 여유

섬김

숨을 쉴 수가 없어서
죽음이 너의 목까지 왔었던
이때를 꼭 기억하고
섬겨라

돗자리 여행

돗자리 돌돌 말아
한 가방 손에 들고
둘이 걷다가
딱 펼 만한 자리 찾아

옆을 보고 누웠다
하늘 보고 누웠다

소곤거리며 이야기하다가
하늘 보고 기도한다

히히덕거리며 웃고 떠들다가
경건해진다

그렇게 땅에서 하루를 보내고
밤이 되면 까만 하늘 속으로
여행을 떠난다

빛은 나무를 지나 나에게로

바람을 마주하며
잠시 누웠다
섰다

모든 나뭇잎이
나와 함께 그렇게
나란히

빛은 나무를 지나
나에게로
바람은 몸을 이어 빛을 움직이고
나는 바람에 맡긴 채
이 세상에 있다
없어졌다

흩어진 글자들이
나를 간지럽히고
나는 온통 빛

감

새벽 기도를 마치고 산책을 나섰다
맑은 공기와 꽃
창조주의 손길이 아름답다

어디선가
설감이 바닥에 떨어져
터져 나온 감 냄새가 향기롭다

어릴 적 감나무 밑에서 바라본
나뭇잎 위에 걸터앉은 홍시
내 입을 간질이며
수줍게 사라져 간 그 모습

그마저도 선택받지 못한 채 짓밟히는 감도 있지
마지막 사명을 다하듯
내 입을 행복하게 했던 그 감이
향기로 오늘 다시 내게 왔다

언어에 실을 꿰어

이 세상을 온통
언어에 실을 꿰어
보배를 빚으셨습니다

창조주 하나님의 자녀로
시어를 빛줄기에 담아서
새로운 세상을 창조하셨습니다

무엇도 막을 수 없습니다.
가는 길 빛으로 열려 있는 길
빛 따라 걸으십시오

그곳에 고개 숙인 자와
눈물 흘리는 자
아픔을 노래하는 자
무엇인가를 고백하는 자

왜 우리가 은혜로 사는지를
깨닫게 되는 시간들

동학사

내 아버지 백일 된 나를 안고
남매탑을 지나 금잔디고개를 넘어
갑사로 넘어 갔던 길

내가 아버지 나이가 되어
동학사를 찾는다

아버지와 엄마가 함께 걷던 이 길을
난 무엇으로 기억하길래
동학사 학봉리에 오면
소풍 떠나오신
발걸음 소리가 들려온다

이제는 되돌아 갈 수 없는
그 시간으로
그때의 목소리를 들으려고
이곳에 오는가

동생과 이별하던 날

가득히 나의 심지를 태우다
이제는 멀리 빛을 보낼 힘을 잃고

자신을 태우는 불꽃처럼
이제는 조용히 나를 밝히고

널 생각하는 마음은
바람 속 작은 흔들림

내 심지가 모두 타는 그날
웃으며 만나자

눈물은 모든 것을 씻는다

나를 위로한다
차창을 열고
바람을 맞으며

나를 위로한다
내 살을 찢을 듯한
바이올린 연주를 들으며

또박또박 피아노가
나를 안고
눈물은 모든 것을 씻는다

춤

이해할 수 없는 것들
넘치는 세상이지만
춤추면
다 이해가 된다

이해 안 된 단어들은
흔들리고 발뒤꿈치로
뛸 때마다
단어들이
내 몸속을 빠져나간다

어지럽던 단어가 정리되고
난 새로운 내가 된다

춤은 날 정화시키는구나
오늘도 몸 부서져라
춤을 춘다

내 마음은
가을 하늘

수영

물을 가르며 앞으로 나아간다
온몸의 건조했던 피부가
탄력을 받으며 앞으로 나아간다

물 만난 물고기처럼
한 판 놀아 본다

가족의 외출

꿈꾸던 하얗고 특이한 호텔
가족이 게다리를 붙잡고 춤을 춘다

조심해라 게다리 끝이 뾰족하다

마음속 이야기들 담으려니
세상은 나보다 작다

지붕 위의 고양이

성난 주인 지붕 뚫고 살금살금 걷는 고양이
뒷발 들어 머리 긁적이며
가을바람 한 번 맞고 살금살금 걸어가며
어디서 들리는
세상에 지친 목소리
반짝이는 눈

내가 나를 아낀다는 것은

내가 나를 아낀다는 것은

여행 중 내 마음을 종이에 담아내어

내 모습이 어떤지 잠깐씩 보는 것

용기

힘든 시간
나약하고 지친 날개를
파닥일 수는 있다

날 수 있는 용기는
간절함과 기도에서 나온다

끝이 없는 것 같지만
끝이 있는 길

오늘도 나는 시간을 밟는다

10월인데 봄보다 더 설레이고
10월인데 여름보다 더 뜨겁다

내 마음은 흔들리는 나뭇잎처럼
가을에 안긴다

나는 연애할 때보다 더 설레이고
짝사랑 할 때보다 더 두근거린다

손을 잡으면 온몸이 따뜻해진다
주체할 수 없이 자연과 나는 하나가 된다

오늘도 나는 낙엽을 밟는다
오늘도 나는 시간을 밟는다

걸을 수 없는 아이에게

누워 있다
누워만 있어야 한다
눈물이 흘러 세상을 적시어도
눈물을 닦아 줄 이 없다
왜 구세주가 꼭 계셔야 하는지 알겠는가
왜 사람이 사람의 대안이 아닌지 알겠는가
아무리 기도할 수 있어도 행동은 아버지께서 하신다

사랑은 기도이다
오늘도 내가 할 수 없으니
무릎 꿇고 두 손을 모은다

벚꽃잎

흰 눈처럼 내리더니
바닥을 구르며 마지막 삶을 노래하는구나

너의 모습은 온통 부드럽고 바람보다 가볍다

가장 약한 것이
가장 많은 시선을 모으고

조심히 또 다시 물결 따라
새로운 삶을 향해 흐르는구나

야경

공주에서 대전 가는 구길
금강을 따라 밤에 운전을 하다 보면
왜 이리 좋은지

화려하게 걸쳐 있던 옷을 내려놓고
어둠은 진실의 옷
작은 불빛이 아름다운 것은
흐르는 것에 몸을 맡긴 물의 운명
가로등은 강물을 따라 흐른다

이곳은 낮에도 좋고
밤에도 참 좋다

마음의 무거운 짐
잠시 어둠 속에 묻어 두고

구길 길가에 앉아 있는
찻집에 들러
차 한잔에
음악을 담아 마신다

공은 내 품에 있는데

공을 튕겨 본다
다시 내 손에 안기는 공
느낌이 좋다

주먹만 한 것이
내 심장을 운동시키고는
다시 들어와 앉아서
잠시 쉬어 가고 싶다 한다

공은 내 품에 있는데
난 풀섶을 거닐며 공을 찾는다

이별

가득히 나의 심지를 태우다
이제는 멀리 빛을 보낼 힘을 잃고
자신을 태우는 불꽃처럼

이제는 조용히 나를 밝히고
널 생각하는 마음은
바람 속 작은 흔들림

내 심지가 모두 타는 그날
웃으며 만나자

덕유산에서

머리끝 하얀 것이
신선이라도 나올 것 같다

찬바람
찬서리
그 아래에서 그네 타듯 미끄러지며
행복해하는 사람들

두려움이 때로는
스릴이 된다
즐거움이 된다

가을 하늘

너를 닮고 싶어
상쾌한 공중에서
구름에게 자유를 주고
멋진 광경 선사하는

너를 닮고 싶어
따뜻한 햇빛의 무대가 된 듯
뒤편에서 후광을 낼 줄 아는
따뜻한 바람이 길을 걷게
가을비도 수용해 주다니

너를 닮고 싶어
세상의 작은 일들 위에서 내려다보며
작고 좁은 발걸음조차도
하염없이 걷고 또 걷는 사람에게도
지나고 나면
포용과 사랑만이 남는 거라며
한껏 여유롭게 하늘에 떠 있는 너
내 눈에 보이는 만큼만이라도

너를 닮고 싶어

추억

오랜만에 만난 친구
흘러간 시간 시간이 사연이다

만나서 이야기를 나누는 사이에
우리는 또 우리의 추억을 담아 왔다

겨울이 되면 산타의 선물인 양
야금야금 추억을 먹고 있겠지

무더웠던 2019년 8월 15일을

슬픔이 끝나는 날

슬픔이 끝나는 날
슬픔이 잊히면
기쁨도 따라간다

슬픔은 기쁨을 알게 하더라

슬픔이 오거든
고난이 오거든
잘 대해 줘라

기쁨을 맞이하는 일이더라

오직 감사

감사하자
감사는 마음 속 감동을 찾아서
사람에게 전하는 것

감사하자
카톡 메시지
지금 이 순간 오직 감사

실천을 해야지
오직 감사

동생이 보고 싶은 날

내 동생이 많이 보고 싶은 날이 있다

몇 남매세요?
1남 7녀입니다

내 기억 속에 너는 꼭 8남매 속 한자리 한다는 걸
하늘에서도 잊지 말길

나를 기다려 주는 아이들

아이들이 참 생각난다
수업 중 잠깐씩 찍어 둔 사진

꺼내 보니, 웃고 있다

나를 기다려 주는 아이들
나에게 제자가 있다

감사하다

감사 1

늘 마음에 갖지 못한 것 집중하다 보면
오늘 내가 이곳에서 누려야 할 기쁨이
저 멀리 산등성이 뒤에 숨어서

숨죽이며 울고 있는 내 모습이
아무에게도 보이지 않는 것 같지만

결국 해는 떠오르고
이 세상에서 가장 아름다운
내 모습이
햇빛보다도 찬란하게
빛 앞에 놓여 있다

눈부신 이 기쁨이
너의 것이니
망설이지 말고 햇살처럼 웃어 보렴

감사 2

부모님이 살아 계신 것은
축복이다

부모님이 살아 계신 것은
감사함이다

부모님이 살아 계신데
마음을 다하지 못하는 것은
스스로 불효자가 되기로
작정한 일이다

돌아가신 후 흘리게 될 눈물방울 수만큼
남아 있는 시간
발도 닦아 드리고
맛있는 음식도 사 드리고
용돈도 드리고
옷도 사 드리고

해 드리고 싶었던 일
원도 없이 해 드리자
오늘

사과

빨간 사과는
너의 볼

너를 만나고
너와 이야기를 나누고
그렇게 나의 볼도
사과가 되어 간다

아이들은 보물이다

기도

세상 온갖 좋은 직업

자녀에게 걸쳐 본다

어떤 일이 잘 어울릴까

옷을 하나 사도 고민하는데

평생 걸치게 될 옷 고르느라

머리가 하얗다

마음

나를 아는 사람들은 나를 안다

내 마음이 보이지만

그냥 지낸다

나도 너도

서로 마음은 보인다

그냥 눈을 감을 뿐이다

작품

둘이 만나서

셋이 되고 넷이 되고

자녀 뒷모습만 봐도

무슨 생각하는지 상상이 된다

너와 나의 작품

마음은 빛으로

마음이 참 좋습니다
몸은 시선 하나로 보이지만

마음은 수천 개의 빛으로 빛을 냅니다

당신 안에 마음이 너무 좋습니다

감사일기 209일차

오늘이 있음에 감사하다

오랫동안 해결되지 않아 고민했던 일이 해결된다니
참 기쁘고 감사하다

사랑을 실천한다는 것은 마음을 여는 일인데
닫혀 있던 마음이 조금씩 열리는 이 기분 참 감사하다

미운 사람이 있다면
내 자신을 미워하는 거라는 생각이다
미워하는 자체가 내 마음속에 나쁜 싹을 틔우는 것
자신을 조금씩 사랑하게 되어 감사하다
알고 또한 조금씩 실천하니까
매우 감사하다

바늘 상처

수없이 많은 바늘 자국이
아기의 허벅지 위에 큰 상처로 남아 있다

태어나자마자
살기 위한 몸부림이
쇳바늘에 찔려서
흔적이 되어 남아 있다

아이의 아픔을 어루만지듯
작은 손을 붙잡고
마음속 위로하려니

오히려 내 마음을 위로해 준다
어린 아이가 나를 위로한다

괜찮다고
다 괜찮다고

* 태어나면서 중증 장애인이 된 영아를
만나고 나오면서 쓴 글입니다.
아이들을 위해 기도하면 좋겠습니다.

길 1

길은 끝이 있는 것처럼 보이지만
끝이 없습니다

삶도 그렇습니다
매일매일 하루를 맞이하고
밤이 되면 하루의 끝이
끝이 아니지요

이 순간을
모든 날들의 그 순간순간을 살듯이

우리는 살아갑니다

길 2

매일매일 처음 사는 날

매일매일 마지막 날

매일 그렇게 산다면

매일매일 그저 감사뿐

길 3

어느 도시로 시집가든

어느 도시로 장가가든

시집 장가 가면

만난 곳이 길이 되고

그들의 도시가 된다

길 4

나뭇가지도 길이 있다

삐죽삐죽

들쑥날쑥

그래도 하늘 향해

길을 만든다

가야 하는 길이라면

꼭 가야 하는 길이라면
감수하고 가야 합니다

꼭 하고 싶은 일이라면
웃으면서 가야 합니다

꼭 이루고 싶다면
끝까지 가야 하지요

잡념

기억할 수 없을 때까지
기억해 내려고 하지 마라

할 일만 기억하고
너를 행복하게 해 줄 일만을 기억해라

애써 미워하지 말고
굳이 슬픈 그림을 액자에 넣지 마라

빨래를 빨듯이
마음의 더러움을
홀홀 털고
걸어라

산과 하늘의 작품
맑은 산소가
너를 이끄는 대로
흠

마라톤하듯 함께 가는 길

정말 정말
울고 싶은 날이 있습니다
그냥 길을 걷다가 넘어졌을 때
일어나지 않고
길에 엎드려서 눈물이 뚝뚝 떨어지는 날

마음속 수많은 다리들이
또박또박 길을 걷고

두 손은 땅바닥 짚고 있지만
두 팔은 물을 노 젓듯 움직이지만
넘어진 채 일어설 수 없는 날

마라톤하듯 함께 가는 길

은행잎

노오란 은행잎
순수함과 발랄함이 배어 있지요
자신은 잘 모른다고 할 수 있지만
배어 있는 본질은 감출 수 없지요

아들을 기다리며

잘해 주지도 못하고
모자란 엄마로
늘 이것저것 아쉬움만
한 광주리다

아들을 기다리며
지금까지
미안함 한 광주리구나

괜찮다 지금도 충분히 잘하고 있단다

장하다 이만큼 하려 하고
이렇게 어렵다는 학교생활도
열심히 하려고 하니까

축복한다 너의 앞길을
축하한다 지금이 있음을

어린이

너의 눈에 세상을 담고
너의 손에 앞으로의 미래를 맡기겠다
너의 웃음에서 희망을 읽고
너의 몸짓에 성장의 기쁨을 보았다

우리 같이 세상을 변화시키자
이 세상을 아름답게 변화시키자
지금 이곳에 있는 한 사람이
이곳을 밝게 하는 것처럼

닮아 가기

아가야 너를 안고
너를 닮아 웃어지고
너를 닮고 싶어 같이 울고
젖 삼키는 소리 들으며
내 마음 정화되어
작은 손 잡고 기도하면
들어주시리

눈물이 빗물이 되도록
내 마음 씻어 기도하고
그렇게 시곗바늘 움직여 놓으니
이제 난 그때 내가 어린 아기였을 때
나의 엄마가 내 나이였을 때

비 오는 날 차 안에서

비 오는 날 차 안에서
빗소리가 좋다면서
웃었다가 울었다가
그러다가 결혼하고
아들 낳고 아웅다웅

애절한 사랑 때문에
내 소중한 인생이

오늘도 그날 밤
빗소리 되어

시 되어

여기
지금

어린 시절 거울

거울 보듯 따뜻한 어린 시절
우두커니 앉아 외로움 즐기다
애어른이란 별명 받았지

어른 된 줄 알았더니
지금 난 어린아이

아이가 크면 어른이 되지만
어른이 크면 아이가 된다

내려놓음 1

나이를 먹는다는 건
나를 놓아 버리는 연습을 하는 것

나를 아주 놓아 버리는 날에
미련이 없도록 연습하자
내려놓는 연습

지금 함께하는 이 시간을 위해
얼마나 많은 나를 내려놓아야 했었는가

나를 내려놓고
둘을 얻었고

이제 나를 내려놓으면
하늘 상급이다

내려놓음 2

오늘은 아버지 앞에 내 욕심
내려놓는 날
아버지께 내 마음 고백하며
눈물을 내려 마음 씻기로 한 날

미움 내려놓고
가슴에 따뜻함 담는 날

김장독에 김치 익어 가듯
내 마음 맛깔나게 옮겨지는 날

내 마음 나누며
김치가 익으니 맛이 난다며
함께 웃는 날

내려놓음 3

공을 다루어야지
공에게 당하고 싶진 않았지

늘 공을 날리며
내 마음 같이 날려 보내고
허전해 울고

그 동그란 것이 내게 오면
내 마음 한 편이 온 것 같아
내 가슴에 담아 보았다

그래
굳이 사소한 것을 마음에 담지 마라
그냥 오고 가는 것일 뿐인 것을

왜 그리 잠시 온 것을 담아 두고
마음 방아를 콩콩 찧을까

참 기쁨

이 세상에서
내 아버지를 노래하는 것
폭포에서 힘차게 물이 떨어지며
물의 가치를 세상에 채우듯이

우리 입에서 나오는
노래는
온 마음을 채우고
이 세상을 채우고

모호함

모호하다는 건 가장 완전한 거다
나의 모호함이 당신에게
나보다 더 진심을 담게 할 수도 있으니까

당신의 우둔함이 때로는 모호함으로 비추어지고
당신은 아주 지혜로운 듯이 살아갈 수도 있는 거니까

우둔함과 모호함은 한 끗 차이다
때로는 바보 같은 모습이
약삭빠른 세상에서
귀하게 대접받는다
이유는 바보 같은 사람이 없고
디들 약삭빠르기 때문이다

금방 드러나는 모호함은
우둔함인가
약삭빠름의 지면 표줄인가

화분에 물 주기

고개 팍 숙인 화분의 화초가
내 모습 같아
바가지로 물을 부으며
물 폭포 맞으면
고꾸라져 죽을 것 같아서

내 손 물에 대어
부드러운 물줄기로 물을 주었다

감사 3

내가 갖고도 못 쓰는 게
얼마나 많겠나

정신 잃고 걸어 볼 수 없이 많은 길
내가 흘린 말을 주워 담겠지

알고 있으니 감사해야지
알고 있으니 다행인 거지

무엇도 정답일 수 없다

내가 이렇게 살아 내는 게
당신이 그렇게 서럽게 우는 게
이 상황에서 내가 찬란한 재즈음악에 맞추어 춤을 추는 게
할 일을 미루고 멍하니 앉아서 피식 웃는 게
스무 살 때 모습을 상상하며
그 사랑을 꿈꾸는 게

울다 웃다
그렇게 살아지는 게
기도하다가 침 흘리면서 잠이 드는 게

빨리 달릴 수 없는 자동차가
결코 결승점에 늦게 도착하는 게 아니란 걸
알기까지

난 늘 정답이 무엇일까
고민했다

선함

지금까지 살면서 무엇이 문제인지
무엇이 방향인지
무엇이 내 인생이 가야 할 방향인지
알고 갈 일이다

주님
제 마음에 사랑이 없네요
그러니 말만 많은 소리 나는 꽹과리지요
기도가 없네요
비판과 판단뿐이지요
감사가 없네요
불평불만뿐이지요

용서가 조금 아주 조금 생겼네요
감사합니다
이해하는 마음이 많아졌네요
은혜입니다
상냥하고 잘 웃네요
사랑이 조금씩 샘솟기 때문입니다

가둘 수 없는 물

마음에 범람하는 물
그 물을 가두려고

둑을 쌓는다
무너져라 무너져라

더 이상 가둘 수 없는 물

마음에 눈물을 가두고
눈물로 기도하지 않으면

언젠가
가둘 수 없는 물이 된다

벚꽃

엇갈린 두 갈래 길
흰 눈이 쌓인 듯이

내가 이 길을 가고
다시 저쪽 길을 가고

그렇게 오고 가는 길에
우리 머리에 벚꽃이 내리고

지나온 길을 돌아보지만

시간이 지나면 벚꽃이 지듯
그날이 오기 전에

흙과 꽃과 하늘과 바람과 물소리와 더 친해지리라

한 손에는 시 한 편을
한 손에는 바람 움켜쥐고

환한 벚꽃처럼 웃으며
그렇게
가자

미움

사랑할 수 있는 용기
사랑할 수 있는 증거
사랑할 수 있는 선물

미움은 나쁜 게 아니야
미움은 사랑
불가능을 가능케 하는 사랑은
숙성된 된장처럼 미움을 숙성시켜야

결핍

애정이 부족한가
인생은 서로를 쓰다듬으며
서로의 결핍을 채우려 애쓰다가 떠나는 것

감사는 결핍이 채워지는 마술
감사는 존재 자체만으로도 기뻐하는 그것
그것은 감사
사사로운 것의
소중함을 깨닫는 것

홀로 초록 잎

가을에 홀로 초록 잎은 자랑이 아닙니다
누런 잎들이 손을 흔들 때
초록 잎은 가만히 있습니다
우리도 늙으면 누런 잎이 돼야지
초록을 고집한다면 같이 손을 흔들 수가 없습니다
자연은 그냥 받아들이라고 하지요

안 받아들여도 받아들여도
그것까지는 우리 마음이 아닙니다

늙는다는 건 유행가 가사처럼 익어 가는 거지요
얼마 전부터 익어 가는 걸 받아드리려니
슬픈 생각이 들었는데 오늘은 웬일인지 기쁩니다

주름이 생기고 기운이 없어지고 늙은 그날
난 무슨 생각을 하며 하늘을 바라볼까요
아 인생은 짧다

함께하고 싶어요

눈이 부십니다
이토록 아름다운 자연을 왜 못 느끼고 사는지요

함께 걸으며
이야기하며
햇살을 받으며
햇살처럼 해맑은 웃음으로
그렇게 오늘을 살았으면 합니다

동학사 붉고 노랗고 버렁이진 잎들이
잔잔한 바람에 흔들리고
내 마음은 온통 바람에 젖어서 울고 있습니다
이 시간을 이 아름다운 시간을 함께하고 싶어요

길가의 사과

길가에
산더미같이 쌓인 사과
나야 나
너도 나를 기다렸구나

소리 없이 떨어진 작은 상처 있지만
자연의 섭리 따른 너의 모습이 더 귀하다
맛 좋은 사과 한 입 입에 물고
내가 누리는 호사가 기쁘구나

사랑하라

사랑하라
삶을 살아 내는 자
감당할 아버지의 명령이지만
사랑할 줄 모르기에
거듭거듭 실패를 합니다

사랑을 배우지요
거듭거듭 실패를 하고는

여러분 사랑은 눈빛입니다
빛이 나가야 합니다
눈만 뜨십니까
눈빛을 보내세요

내가 바라보는 곳

항상 난 다른 곳을 바라보고
곁에 있는 당신을 외면하고

정신 차리고는 어디 갔었냐고
외롭다고 했지요

내 옆에 있어 줘서 너무 고마워서
힘들어도 등산 갔어요

자기랑 앞으로도 힘겹게 산을
오르겠지요

당신 따뜻한 손은
날 끌어 올려 주는 대단한 힘

정상에서 바라본 풍경보다
정상에서 바라본 당신이

햇빛보다 빛나고 멋있었죠
이제 길을 또 걷겠죠

이제는 당신의 발뒤꿈치를 볼게요
난 멀리 보면 힘들다 투정하고

하산하고 싶다고 투덜거리죠
그냥 자기 뒤에 따르다 보면

감사하다 보면
가끔 지친 자기 어깨 두드려 주다 보면

어느덧 정상 인생길 하산하겠죠
오빠의 따뜻했던 두 손을 생각하니
오늘이 10월의 가장 멋진 날이었네

이브스키

군이 아파해야 할 이유를 찾지 않아도
우린 충분히 아프다

서로 아픔을 인정하자
보듬자
손잡아 주자
안아 주자

여행을 떠나자
낯선 곳은 마음이 호기심 속에 잠시 숨고
검은 모래로 나를 덮으면
가장 나다운 나를 만나지 않을까

기억

그동안 꾹꾹 누르고 눌러서
나를 괴롭히던 생각

이제부터 나는
음악이 공기 속을 날듯이
날고 싶다

안마 의자

끊임없이 안마해 주는데
투덜거리지 않는다
또 미안해하지 않는다

지친 몸을 안마하듯
내 마음도 토닥토닥 안마해 주렴

몇 번을 털어 내도 끝없는 마음 먼지

안마의자를 보면서
내 마음도 토닥토닥

괜찮아 괜찮아

아기가 태어난 날

장작 패던 아버지 모습

힘이 달려서 딸만 낳는 게 아니라는 걸
과시라도 하고 싶으셨던 걸까

조심스레 무얼 낳았냐는 이웃 아줌마
아버지 대답이 짧다
'매번 같은 딸 낳았습니다'

똑같은 딸 일곱 명
많이도 듣고 자란 아들

아들이 뭔지
성장하면서 생각하니

허한 세월을 살아오면서
험한 농사 지으시면서
무엇인가 한 가지 세상 희망이 없어서
꼭 잡았던 꿈은 아니셨을까

숨

내 숨이 내 것이 아니었다

숨어 있어서
보이지 않았다

10센티 숨의 통로 기관지
양쪽 폐

세밀한 그림
내 몸속 숨이 그려진다

건강은 챙겨야 하고
내 마음은 잘 정리를 해 두어야 한다

숨을 보듯이
마음을 보게 되었다

기도하자

누구나 완전하지 않다
불안하고 불완전하지만
우리는 하나님 한 분으로 인해
완전해질 수 있다

기억하라
주님을 바라보고
겸손하고
아버지께 기도하자

존재

뜨거운 불 속에서
내 동생이 있던 날
난 밖에 서서 아무것도 하지 못했다

우리들은 잘 안다
어떤 상황에서 아무것도 하지 못하는 존재란 걸
아무것도 못하고
뜨거운 불길 속 나도 걷기만 할 뿐

결국 모두가 가야 하는 길임을 인정하는 수밖에

불꽃

내 몸도 마음속 상처도 아물어 간다
두꺼운 나무토막

불꽃 닿아서 잠시 타오를 듯
내 몸 불꽃 보니

상처들이 연기되어 세상 속에 잠긴다

그렇게 없어져라
아픈 마음
다친 상처
이제 저 나무와 하늘에서
또다시 불꽃을 기다리겠지

이제는 자유하다
웃음은 불꽃
나를 늘 태우듯
내 입에서 나오는 언어들
노트북에서 한글 지우듯 삭제하고

웃는다

또 웃어 본다

불꽃이 웃는다

뜨거움을 불태운다

눈동자 1

소중한 사람
눈 속에 담아

눈뜨면
보이는
한 사람

늘 내 마음에
그대가 보입니다

내 눈 속에 웃는 그대 모습
세상을 가득 채운
웃는 모습

그대의 선한 눈동자

눈동자 2

살아온 세월
모든 것이
담겨 있다

선한 것을 보이며
살아온 그대여

그대 눈빛이 참 선하네

세상을 아름답게 하는 빛
그대 눈빛에서 시작됩니다

앞으로의 인생

지금까지의 인생은
우리에게 주어진 환경을 위해 살았습니다

이제부터의 인생은
환경보다 우리가 더 소중함을 알았으니
우리가 환경을 행복하게 만들어 가요

우리가 행복한 것을 하면서
주 안에서 더 아름다운 그림을 그려 가요

5만 가지

하루 동안 5만 가지 중 잘 거르면
책 한 권이 나온다

하루 동안 그렇게 쓰인 글들이
내 삶이었다

무엇을 그리 고민하고 염려했는지
이제는 기도한다

부끄러운 시

혼자 끄적인 노트가 제법 많이 쌓였다
막상 내 보이려니
글자들이 여기 저기 숨는다
모였던 마음이 흩어진다

나오라고
나와 보라고
아니란다
부끄럽단다

부끄러움이 뻔뻔함으로 바뀌는 날

가슴앓이

가슴 속에 열정이
나의 꿈이
나의 에너지가
이제 억누른 화산처럼
불덩이를 뽑아낸다

내 몸의 심줄이 입으로 토해지듯
내 꿈을 찾고 있다
나를 찾고 싶다

모과 같은 사람

향기도 좋고
차로 마시면 맛도 좋다

가을 햇빛 듬뿍
모과처럼

그런 사람이 있다

바늘에도
울지 않는 아기에게

ⓒ 김지현, 2021

초판 1쇄 발행 2021년 7월 20일

지은이   김지현
펴낸이   이기봉
편집   좋은땅 편집팀
펴낸곳   도서출판 좋은땅
주소   서울특별시 마포구 양화로12길 26 지월드빌딩 (서교동 395-7)
전화   02)374-8616~7
팩스   02)374-8614
이메일   gworldbook@naver.com
홈페이지   www.g-world.co.kr

ISBN   979-11-388-0031-0 (03810)